AF456713

Versailles 3 Juin 1896.

V

SUCCESSION DE M. DEBASSEUX

MOBILIER ARTISTIQUE

Objets d'Art

ARMES ANCIENNES, FAÏENCES ITALIENNES, PORCELAINES

CURIOSITÉS, BRONZES, TABLEAUX

GRAVURES, BEAUX MEUBLES DES XVIIe ET XVIIIe SIÈCLES

IMPORTANT CABINET EN MARQUETERIE D'ÉTAIN

Vente après Décès

AU CHESNAY, PRÈS VERSAILLES

17, RUE DE BÉTHUNE, 17

10 minutes de la gare de Paris à Versailles (Rive droite)

Les Mercredi 3, Jeudi 4, Vendredi 5, Dimanche 7 Juin 1896 et jours suivants

A UNE HEURE

Par le ministère de **Me OBLIN**

GREFFIER DE LA JUSTICE DE PAIX DU CANTON OUEST DE VERSAILLES

Place Hoche, 4

Assisté de **M. B. LASQUIN,** Expert

Rue Laffitte, 12, à Paris

IMPRIMERIE MAULDE ET RENOU

MAULDE, DOUMENC & Cie

IMPRIMEURS DE LA COMPAGNIE DES COMMISSAIRES-PRISEURS

Rue de Rivoli, 144 • Paris

CATALOGUE

DU

MOBILIER ARTISTIQUE

ET DES

OBJETS D'ART

BELLES ARMES ANCIENNES, FAIENCES ITALIENNES

Des XVIe et XVIIe siècles

PORCELAINES DE LA CHINE, DU JAPON ET AUTRES

Bronzes d'Art et d'Ameublement

CURIOSITÉS, ÉMAUX, OBJETS VARIÉS

SCULPTURES EN MARBRE BLANC

TABLEAUX ET GRAVURES

Argenterie et Plaqué, Vins très vieux

MEUBLES DES XVIIe & XVIIIe SIÈCLES

Très beau Cabinet en marqueterie d'étain
Cabinets Louis XIII, Crédences en bois sculpté
Commodes, Armoire, Tables, Glaces, Sièges des époques
Louis XV et Louis XVI
Ameublement de bureau en noyer sculpté
Billards, Meubles divers, Rideaux en damas de soie
Tapis

DONT LA VENTE AURA LIEU

Par suite du décès de M. DEBASSEUX

AU CHESNAY, PRÈS VERSAILLES

17, RUE DE BÉTHUNE, 17

Les Mercredi 3, Jeudi 4, Vendredi 5, Dimanche 7 Juin 1896 et jours suivants

A UNE HEURE

Par le ministère de Me **OBLIN,** Greffier de la Justice de Paix du canton Ouest de Versailles, place Hoche, 4

Assisté de **M. B. LASQUIN,** Expert, rue Laffitte, 12, à Paris

CHEZ LESQUELS SE TROUVE LE PRÉSENT CATALOGUE

EXPOSITION

Le Dimanche 31 Mai 1896, de 1 heure à 5 heures

N. B. — La rue de Béthune, près de la grille de la rue Duplessis à 10 minutes de la gare

CONDITIONS DE LA VENTE

Elle sera faite expressément au comptant.

Les Acquéreurs paieront DIX POUR CENT en sus du prix d'adjudication.

L'Exposition mettant le Public à même de se rendre compte de l'état des Objets, il ne sera admis aucune réclamation, une fois l'adjudication prononcée.

M. B. LASQUIN, expert, se chargera des commissions des personnes ne pouvant assister à la vente.

ORDRE DES VACATIONS

Mercredi 3 Juin

OBJETS DE VITRINE, ARMES, FAÏENCES, PORCELAINES BRONZES, CURIOSITÉS

Jeudi 4 Juin

TABLEAUX, BRONZES D'AMEUBLEMENT, MEUBLES, RIDEAUX, TAPIS

Vendredi 5 Juin

ARGENTERIE, VINS

Dimanche 7 Juin

BATTERIE DE CUISINE, VAISSELLE, LINGES

MAULDE, DOUMENC et Cie, imprimeurs de la Cie des Commissaires-Priseurs.
rue de Rivoli, 144. 800—58959

DÉSIGNATION

ARMES ANCIENNES

1 — Bouclier du XVIe siècle en fer poli, avec ombilic en pointe s'échappant d'un fleuron en fer forgé. Le champ est partagé en huit bandes gravées représentant des figures de guerriers dans des motifs variés, alternant avec huit médaillons cartouches offrant des figures d'amours.

2 — Beau Morion de la fin du XVIe siècle, en fer verni en noir avec bandes d'ornements gravés et dorés formant médaillon. Sur l'une des faces de la bombe, est représenté Mucius Scævola se brûlant la main; sur l'autre, le dévouement de Curtius; sur la crête sont gravées des armoiries, des clous à têtes de lion en cuivre bordent la bombe. Cette pièce a conservé ses oreillères et sa garniture intérieure.

3 — Jolie Arquebuse à rouet de la fin du XVIe siècle, dont la monture est couverte d'incrustations d'ivoire et de nacre offrant des motifs d'ornements dans lesquels se jouent des animaux. La batterie et le canon en fer gravé.

4 — Mousquet à rouet dont la monture, en bois gravé, offre sur la crosse de fines incrustations de rinceaux

en fer avec médaillon gravé, représentant un personnage en buste portant une épée. La batterie est également gravée à rinceaux de feuillages XVIIe siècle.

5 — Belle paire de Pistolets de la fin du XVIe siècle, à monture en ébène avec incrustations d'ivoire et de nacre représentant des monuments, des chiens poursuivant des lapins et des ornements placés entre deux bandes d'arabesques. Les pommeaux pyriformes présentent six facettes évidées, encadrées d'ornements de cuivre et d'ivoire. Le canon à pans et la batterie à rouet, sont décorés d'enroulements gravés.

6 — Amorçoir du XVIe siècle en forme de disque évidé en son centre, en bois recouvert d'incrustations d'ivoire représentant des rosaces entrelacées.

7 — Cartouchière en ébène incrusté de cinq bandes d'ivoire gravé à feuillages et enroulements. XVIe siècle.

8 — Épée à quillons recourbés et à contre-garde à coquilles et à lame flamboyante, en fer.

9 — Épée à lame quadrangulaire et à garde avec larges quillons avec pommeau à pans, en fer.

10 — Deux petites Dagues à lame triangulaire et manche ciselé, à ornements.

11 — Marotte de Folie en bois sculpté.

FAIENCES

12 — Grand Plat rond en faïence dite Alla Castellana, du XVIe siècle, à ornements gravés en relief, où l'émail

jaune et vert domine; au centre, sur l'ombilic, le chiffre du Christ et une main portant une croix, entouré par un bandeau circulaire représentant quatre dauphins et des palmettes en vert et bleu sur fond jaune. La chute est ornée de feuillages, et la bordure est couverte d'un enroulement de rinceaux verts sur fond jaune. Le revers n'est pas émaillé. (Fracturé.)

13 — Grand Plat en faïence de Valence du XVIe siècle à reflets mordorés offrant au centre un blason armorié (armes de Castille?) dans un décor rayonnant coupé par une bande circulaire.

14 — Deux Vases de pharmacie à anse et goulot en faïence d'Urbino du XVIe siècle, décorés de trophées d'armes et de musique en camaïeu jaune d'ocre sur fond bleu, et d'un médaillon offrant la figure d'Amphitrite se prolongeant sur l'anse plate à fond jaune d'or.

15 — Grand Plat rond en faïence d'Urbino décoré du sujet : les Hébreux ramassant la manne. Bordure en bois noir.

16 — Grand Plat rond en faïence d'Urbino décoré du sujet : Éole et Ulysse. (Restauré.) Bordure en bois noir.

17 — Coupe ronde en faïence d'Urbino, représentant Joseph expliquant les songes du roi Pharaon. Daté de 1622. (Restauré.)

18 — Petit Plat en faïence de Castel Durante, à écusson armorié au centre avec bordure couvertes d'arabesques et de mascarons en camaïeu sur fond bleu. (Restauré.)

*

19 — Petit Plat en faïence de Pesaro, à reflets métalliques, décoré en jaune et bleu d'arabesques symétriques à rosace au centre. (Fêlé.)

20 — Coupe ronde en faïence de Gubbio, décorée en bleu et vert; au centre, saint Jean-Baptiste dans un disque entouré de pommes de pin en relief. (Restauré.)

21 — Deux Assiettes en ancienne faïence de Castelli finement décorées et rehaussées de dorure: l'une représente Jésus et la Samaritaine, l'autre le Baptême du Christ; avec bordures à figures d'anges, têtes de chérubins et fleurs. Cadres anciens en bois sculpté.

22 — Petite Coupe ovale en faïence d'Urbino. Diane, Calisto et l'Amour dans un paysage. Le revers est décoré de quatre mascarons en relief reliés par une draperie, et de quatre oiseaux sur fond bleu.

23 — Coupe ronde à bossages en faïence italienne, à tête de chérubin au centre entourée de palmettes. (Restaurée.)

24 — Grand Plat ovale en faïence de Palissy, offrant au centre un serpent, des poissons et des coquillages et au pourtour, sur fond brun, des herbes, des insectes, lézards, papillons et coquillages. (Restauré.)

25 — Petit Plat ovale en faïence de la suite de Palissy, représentant le Baptême du Christ par Saint Jean.

26 — Plat ovale en faïence de Pull, d'après Palissy, représentant le Printemps.

27 — Salière carrée en faïence d'Urbino à quatre cariatides ailées aux angles.

28 — Groupe en faïence italienne : Femme et deux Enfants.

29 — Grand Plat rond en faïence artistique décoré d'un paysage en camaïeu bleu, bordure en bois noir.

30 — Deux Vases à fleurs en faïence de Longwy, fond bleu turquoise.

31 — Deux petits Groupes en faïence de Hochst, l'un de trois figures d'enfants : la Bergère endormie ; l'autre de deux figures : le Berger endormi.

32 — Deux Brocs formés l'un d'une figurine de femme portant une hotte ; l'autre d'une figure de Tartare, en faïence de Delft à décor polychrome.

33 — Deux Brocs formés d'une botte avec anse à cariatides, en faïence italienne et une Saucière à surprise.

34 — Petit Broc à couvercle en faïence de Delft, décoré de fleurs.

35 — Deux Vaches en faïence blanche.

36 — Petite Lampe de suspension en faïence italienne à têtes de chérubins.

37 — Deux pièces : Flambeau formé d'une figurine en grès et une figurine de patineur en porcelaine.

38 — Deux petits Cache-pots en faïence de Marseille décorés de bouquets de fleurs.

39 — Deux Figurines en grès de Chine émaillées en couleurs : Cavalier et Amazone.

GRÈS

40 — Cruchon en ancien grès allemand émaillé bleu avec rosace fond brun, offrant des mufles de lions au milieu d'ornements.

41 — Petit Flacon forme gourde en grès émaillé bleu et violet et gravé à fleurs de lis.

42 — Cruche en grès avec bandeau d'écussons armoriés.

PORCELAINES DE CHINE, DU JAPON

ET AUTRES

43 — Deux beaux Plats en ancienne porcelaine de Chine, émaillés en couleurs, offrant au fond deux paons et un rocher fleuri; le marli est décoré de fleurettes en émail blanc et d'une étroite bordure quadrillée.

44 — Grand Plat en vieux Japon à décor bleu, fond de paysage et bordure à compartiments.

45 — Plat en vieux Japon décor bleu à chrysanthèmes et fleurs.

46 — Plat en Japon décoré de pagodes en bleu, rouge et or et un Plat à décor bleu à paysage.

47 — Plat rond en ancienne porcelaine de Chine émaillée en couleurs, offrant au centre des oiseaux et des fleurs.

48 — Plat en vieux Chine décoré en émaux roses, d'un arbuste au centre et d'une bordure de fleurs à quatre réserves.

49 — Deux Plats ronds dont un creux en ancienne porcelaine de la Compagnie des Indes, à paysages en couleurs et bordure dorée.

50 — Un autre Plat de même porcelaine décoré de fleurs au centre.

51 — Un Bourdaloue et deux autres Vases en vieux Japon.

52 — Deux grandes Torchères, formées chacune d'une potiche et d'un cornet en porcelaine à décor de style japonais, avec riches montures en bronze doré, à socles rocaille, anses à cariatides et gorges à ornements.

53 — Deux Potiches en porcelaine du Japon, décorées en couleurs, d'oiseaux et de fleurs, avec montures, genre Louis XV, en bronze.

54 — Deux petites Potiches en vieux Japon, à décor bleu, rouge et or, avec montures en bronze, genre rocaille.

55 — Deux Cornets en porcelaine, décorés en couleurs, d'oiseaux sur des arbustes fleuris.

56 — Légumier ovale en porcelaine de Saxe, orné de fleurs, le couvercle surmonté d'une figurine.

57 — Quatorze Assiettes en ancienne porcelaine de Chine, à décor émaillé en couleurs, de dessins variés.

58 — Huit Pièces en porcelaine de Canton : Broc, Cuvette, deux Chopes, deux Pitongs, une Coupe et une petite Boîte à savon.

59 — Deux petites Coupes en vieux Chine, montées en bronze.

60 — Une Coupe forme cœur, en porcelaine de Saxe, deux Porte-Allumettes en faïence d'Ulysse de Blois.

61 — Vase en faïence de Jean, décoré d'un médaillon-buste, pied en bronze.

CURIOSITÉS, OBJETS DIVERS

62 — Casse-Noisette, formé d'une figurine d'homme debout, coiffé d'un chapeau à plumes et portant un panier ; bois sculpté du xviie siècle.

63 — Deux Couteaux Louis XIII, à manches, formés chacun de deux figurines accolées, en ivoire sculpté, dans une gaine en cuir.

64 — Deux Flambeaux balustres, composés : de pièces d'enfilage en cristal de roche, sur trépieds à griffes de lion.

65 — Boîte à sel Louis XV, en noyer sculpté.

66 — Petite Boîte ronde en bois sculpté, à médaillons de figures, entourés de rinceaux et de feuillages.

67 — Plaque carrée en émail, de Jean Laudin, figure allégorique de l'Espérance.

68 — Hanap et sa Cuvette, forme coquille, en émail de la Chine, à décor de fleurs arabesques, en couleurs.

69 — Deux Flambeaux Louis XV, en émail blanc de Battersea, décorés de fleurs. (Restaurés.)

70 — Miroir à main en argent, orné de cinq émaux Louis XVI, portraits de femmes, et entouré de marcassites.

71 — Petit Poignard à manche, formé d'une figurine d'enfant, en ivoire sculpté.

72 — Figurine d'Enfant Jésus en ivoire et une figurine de Danseur.

73 — Un Coupe-Papier en ivoire sculpté, un Couteau à manche de nacre garni d'argent.

74 — Un Éteignoir en argent et un petit Marteau en bois, un Étui en bambou.

75 — Longue-Vue.

76 — Bilboquet en ivoire.

77 — Différents Objets d'étagères et Bibelots divers, Coffrets en laque, Vide-Poches, etc.

78 — Nécessaire de voyage avec Ustensiles, garnis d'argent gravé.

TABLEAUX, AQUARELLES.

79 — **Both** (D'après). Le Passage du gué. Dessin à l'encre de Chine.

80 — **Beaumont** (E. de). Aquarelle.

81 — **École française** (XVIIIe siècle). Jeune Femme en buste. Pastel.

82 — **École française** (XVIIIe siècle). Réunion galante dans le parc de Versailles.

83 — **École moderne.** Légumes.

84 — **Lansac** (De). Chien sur une table.

85 — **Mallet** (?). Jeune Femme à sa toilette.

86 — **Grondard**. La Soupe.

87 — **Rubens** (D'après). Mars et Vénus

88 — **Siberechts.** Le Bac.

GRAVURES

89 — Le Serment du Jeu de Paume. Gravure en couleur de Jazet, d'après David.

90 — Rosette, gravure de J.-N. Boilet, d'après Doublet. Cadre ancien.

91 — La Barque mise à flot. — Le Rocher percé. Deux gravures, d'après M. Joseph Vernet.

92 — Le Coup de canon, gravure d'après Berne-Bellecour.

93 — Gravures diverses, Photographies encadrées.

BRONZES D'ART ET SCULPTURES

94 — Deux Statuettes de Mars et de Vénus, en bronze italien du XVIe siècle, transformées en flambeaux.

95 — Statuette de Moïse, d'après Michel-Ange. Marbre blanc sculpté, Piédestal en bois sculpté.

96 — Deux petits Bustes de Voltaire et de J.-J. Rousseau, en bronze.

97 — Statuette du Temps, bronze de l'époque de l'Empire, sur socle en marbre.

98 — Deux Flambeaux formés chacun d'une figurine d'enfant debout portant une urne, Bronze.

99 — Deux Chiens en bronze, dont un de Delabrierre.

100 — Statuette de Femme assise dans un fauteuil, bronze de P. Gayrard, 1839. Socle en marbre noir.

101 — Petit Vase à couvercle, forme baril en bronze, à ornements en relief.

102 — Petite Sonnette, figurine de femme, en bronze.

103 — Médaillon : Buste de Robespierre, bronze de David d'Angers.

104 — Médaillon : Buste de Garibaldi, en cuivre galvanisé.

105 — Petite Coupe ronde à couvercle en métal de cloche, ornée d'une frise de rinceaux en relief. xvie siècle.

106 — Brasero à couvercle surmonté d'un oiseau en ancien bronze du Japon et deux petites figurines d'Acrobates.

BRONZES D'AMEUBLEMENT

107 — Pendule Louis XIV et son socle de suspension en marqueterie de cuivre et d'écaille, garnie de bronzes. Sujet applique, cariatides, feuillages, et surmontée d'une figurine.

108 — Pendule de style Louis XV, en bronze doré, composée de motifs rocaille, fleurs et feuillages, agrémentés de fleurettes en porcelaine de Saxe.

109 — Deux Paires de Bras-Appliques à deux lumières, de style Louis XV, en bronze doré, garnis de fleurettes en porcelaine de Saxe.

110 — Deux Girandoles, époque Louis XVI, à trois lumières, celle du milieu formant cassolette, à tiges et bases cannelées, en bronze doré.

111 — Cartel Louis XVI, en bronze doré, orné de deux bustes de femmes et de guirlandes et surmonté d'un vase.

112 — Petit Cartel porte-montre, formé d'un groupe en porcelaine tendre genre Sèvres, représentant deux enfants jouant avec un bouc, au pied d'un arbuste en bronze doré orné de fleurettes de porcelaine. Socle rocaille.

113 — Petite Pendule dans un fût cannelé en onyx, surmontée d'une figure de Cupidon en bronze doré.

114 — Deux petits Candélabres à trois lumières, genre Louis XVI, accompagnant la pendule qui précède.

115-116 — Deux paires de Flambeaux en bronze doré, de style Louis XIV et Louis XV.

117 — Pendule scientifique à mouvement visible et surmonté d'une sphère terrestre.

118 — Deux Flambeaux, style Louis XV, en bronze doré.

119 — Deux petits Flambeaux à trépieds, têtes et pattes de boucs, en bronze doré.

120 — Deux Buires en porcelaine du Japon, montées en bronze.

121 — Cave à Liqueurs de forme ronde, en cristal, avec monture en bronze doré.

122 — Petit Lustre de style gothique à dix-huit lumières, en cuivre, orné de dragons, de figurines et d'écussons.

123 — Petit Lustre à seize lumières, analogue au précédent.

124 — Deux Chenets, style Louis XVI, à vases cassolettes en bronze.

125 — Deux Chenets, style Renaissance, à figurines et mascarons en cuivre.

126 — Petit Lustre à douze lumières, genre Louis XV, en bronze doré, orné de fleurettes en porcelaine de Saxe.

127 — Suspension-Lustre de salle à manger, à dix-huit lumières, en bronze doré.

128 — Deux Chenets Henri II, en cuivre poli.

129 — Deux Appliques porte-lampes, style Louis XIV, en cuivre.

MEUBLES ANCIENS ET DE STYLE

130 — Très beau Meuble-Cabinet à deux corps, en bois d'ébène, palissandre, écaille, marqueterie d'étain et de cuivre, et enrichi de bronzes dorés.

Le bas ouvre à deux portes surmontées de deux tiroirs, chaque battant offre un panneau octogonal en relief et un encadrement de rinceaux et d'entrelacs en marqueterie.

Le corps supérieur ouvre à deux battants simulant six tiroirs et est orné de trois pilastres en écaille.

L'entablement présente un tore marqueté surmonté d'une moulure de feuillages en bronze doré.

L'intérieur du corps supérieur forme cabinet avec dix tiroirs et tabernacle au centre ouvrant à une porte et renfermant encore quatre autres tiroirs.

Les côtés latéraux offrent chacun deux mascarons en bronze doré, entourés d'écoinçons.

131 — Grand Cabinet de l'époque Louis XIII, entièrement plaqué d'écaille rouge, orné de moulures guillochées en ébène et d'encadrements en cuivre estampé et doré. La face présente un portique ouvrant à deux battants, garni de trois cariatides en bronze, flanqué de dix tiroirs. L'intérieur formant tabernacle est également plaqué d'écaille, garni de filets d'ivoire et de glaces.

Support à pieds, balustres en bois noirci.

132 — Belle Commode de l'époque Louis XV, de forme contournée, à deux rangs de tiroirs, sur pieds élevés, en placage de bois de rose et de violette, garnie de chutes, de sabots, de poignées, d'entrées de serrures et d'un cul-de-lampe à motifs rocaille en bronze doré. Dessus de marbre.

133 — Petite commode du temps de Louis XV, de forme contournée, à trois tiroirs, en bois de rose et bois satiné, garnie de bronzes dorés à motifs rocaille.

134 — Crédence Henri II, à trois corps, celui du milieu ouvrant à deux portes, en noyer sculpté, à balustres, arceaux à moulures.

135 — Table Louis XIII, à pieds et entrejambe en noyer à torsades.

136 — Deux Chaises Louis XIII, à haut dossier, en noyer sculpté à jour, à rinceaux et ornements.

137 — Meuble du temps de Louis XIII, en bois de noyer sculpté, à deux corps ouvrant chacun à deux portes et séparés par un tiroir, présentant des motifs d'ornements encadrés de moulures ornées de palmettes, ainsi que les montants de la face et des côtés.

138 — Cabinet du temps de Louis XIII, en bois d'ébène plaqué extérieurement et intérieurement d'ivoire gravé représentant sur les deux portes, deux figures allégoriques, entourées d'autres petites figures, de médaillons, bustes et de sujets de chasse. L'intérieur renferme des tiroirs et présente des sujets gravés à figures, oiseaux, groupes de fruits et trophées.

139 — Table-Bureau de style Louis XVI, en bois d'acajou, à pieds fuselés et cannelés, ornée de moulures à rais de cœur, de motifs à écussons et de modillons en bronze ciselé et doré. Dessus de velours rouge frappé.

140 — Table à jouer, forme portefeuille (système Lampre), style Louis XVI, en acajou, garnie de moulures de cuivre.

141 — Table de salon, en marqueterie de cuivre et d'écaille, garnie de bronzes.

142 — Bureau dit Bonheur-du-Jour, de l'époque Louis XVI, en bois d'acajou garni de moulures de cuivre. Le dessus est à tablette de marbre entouré d'une galerie de cuivre.

143 — Petite Table à ouvrage Louis XV en marqueterie de bois de rose et de violette à damier, garnie de

plaques de porcelaine rapportées. Elle renferme une tablette à écrire. Le dessus est entouré d'une galerie de cuivre.

144 — Petite Table à ouvrage Louis XV, à trois tiroirs, en marqueterie de bois à fleurs.

145 — Petite Armoire de l'époque Louis XVI, en bois d'acajou, ouvrant à deux portes. Les angles sont mi-partie à pan coupé et mi-partie à colonnettes avec cannelures ornées de modillons en bronze doré. Dessus de marbre blanc entouré d'une galerie de cuivre doré à draperies.

146 — Écran en bois de rose, forme contournée orné de deux plaques en porcelaine décorée, et d'un médaillon en tapisserie au point.

147 — Quatre petits Fauteuils Louis XV, en bois sculpté et doré avec dossier à trois compartiments, garnis de soierie ancienne brochée à fleurs.

148 — Petit Canapé de même style, garni en gros de Tours, fond blanc broché.

149 — Deux Sièges gondoles en bois doré, garnis de même étoffe.

150 — Quatre Chaises légères, forme carrée, en bois doré; deux sont garnies de velours de Gênes, et les deux autres de broderie chinoise et de peluche.

151 — Deux Chaises en bois doré garnies de tapisserie à la main, à dessins variés.

152 — Grand Canapé et deux Fauteuils, forme carrée, avec accotoirs à volutes en palissandre sculpté et

ornés de moulures de bronze doré. Ils sont garnis de cachemire.

153 — Chaise-Coussin en peluche marron et broderie chinoise.

154 — Tabouret de piano en bois doré, garni de broderie chinoise et de peluche.

155 — Deux Chaises, style Louis XIII, à haut dossier, garnies de tapisserie au point, à bouquets de fleurs.

156 — Glace de style Louis XV, avec bordure à fronton contourné, en bois sculpté à jour et doré, composé d'ornements rocaille.

157 — Glace, style Régence, biseautée, à bordure dorée, ornée de médaillons bustes.

158 — Glace, style Régence, à encadrement doré orné de guirlandes de fleurs.

159 — Miroir Louis XV, à bordure ajourée et dorée, à rocailles et fleurs.

160 — Miroir biseauté à bordure oblique en glace et dorure.

161 — Glace à fronton, style Louis XIV, à mascaron, volutes de feuillages et corbeilles de fleurs, en bois doré.

162 — Petite Table-Écran en palissandre, incrustée de cuivre.

163 — Table de nuit chiffonnière en laque.

164 — Boîte à fiches en marqueterie de cuivre sur écaille.

165 — Un Écran de cheminée de même travail.

166-167 — Deux petites Tables-Étagères : l'une en marqueterie de cuivre, l'autre en marqueterie de bois.

168 — Coffret Louis XIII, peint en vert avec pentures ajourées en cuivre.

169 — Petit Miroir octogone à bordure en cuivre. Style Louis XIII.

170 à 173 — Ameublement de bureau en noyer sculpté à moulures, composé de :

Un Bureau ministre.

Une Bibliothèque à deux corps, le bas contenant un coffre-fort.

Un Cartonnier à sept tiroirs.

Un Fauteuil de bureau à siège tournant garni de cuir.

174 — Une Table-Pupitre.

175 — Billard en palissandre et ses accessoires.

176 — Banquette de billard garnie de cuir vert.

177 — Suspension de billard.

RIDEAUX ET TAPIS

178 — Quatre paires de Rideaux de fenêtres en Damas de soie rouge, avec cordons et passementeries de soie, plus quatre Galeries en bois noir et or. — Plusieurs autres Rideaux et Portières en soie brodée en or.

179 — Grand Tapis de salon en moquette rouge.

180-185 — Quatre Carpettes orientales de dessins variés.

ARGENTERIE

186 — Environ 27 kilogrammes d'Argenterie : Huilier style Empire, Sucriers, Plats creux, longs et ovales, Saucières, Cafetière, pièces à Hors-d'Œuvre, Soupières, Légumiers, Couteaux à lames d'argent, Fourchettes à huîtres, Fourchettes à melon, Salières, Moutardiers, Couverts, Brosse à pain, etc.

Jetons de société en argent. Pièces en or à l'effigie de Louis XVI.

Deux grands Plateaux avec ornements, en plaqué.

Diverses Pièces.

CAVE

187 — Huit cents Bouteilles de vins fins : Chambertin, Pomard, Ermitage, Beaune, Clos-Vougeot, Bordeaux divers crus, Champagne, Kirsch.

OBJETS

Provenant de la Villa de M. DEBASSEUX

A NICE

188 — Statuette en marbre sculpté de GAUDRAN : Fatma ou la Danse du ventre. Salon de 1893. Haut. 1m.

189 — Bahut en bois laqué avec incrustations de cuivre.

190 — Cabinet en laque, dit de Coromandel, nacre et ébène, avec sa table.

191 — Deux Poufs et deux Chaises en bois doré, garnis de crêpe de Chine.

192 — Petite Table turque.

193 — Deux Tables de nuit en bois laqué et bois de rose avec cuivre.

194 — Fauteuil japonais en bois de fer et marbre.

195 — Table à jeu portefeuille en acajou et garnie de cuivre.

196 — Deux Vases japonais en craquelé.

197 — Deux petits Vases en faïence de Delft, avec dorure.

198 — Pendule Éléphant japonais.

199 — Pendule japonaise, montée sur argent, avec socle en bois noir.

200 — Deux grandes Lampes montées sur des potiches japonaises.

201 — Plats en porcelaine de Chine et du Japon.

202 — Nécessaire de voyage, monture en argent.

203 — **M**..., 1867 (Signé). La Chute du Rhin, à Schaffhouse.

204 — **X**... Algérienne.

205 — Tapis de La Mecque.

206 — Portière en soie brochée or.

207 — Six Panneaux japonais en soie, brodée or. Haut. 1^m,50; Larg. 0^m,55.

208 — Deux grands Panneaux japonais brodés d'or. Haut. 3^m,00; Larg. 1^m,25.

209 — Grande Portière de mosquée en broderie d'or. Haut. 3^m,00; Larg. 1^m,60.

210 — Grande Tenture en soie brodée or, avec figure de tueur de tigres.

211 — Deux grandes Tentures en soie brodée à oiseaux. Haut. 3^m; Larg. 2^m,70. — Haut. 3^m; Larg. 1^m,85.

www.ingramcontent.com/pod-product-compliance
Ingram Content Group UK Ltd.
Pitfield, Milton Keynes, MK11 3LW, UK
UKHW022147260726
13993UKWH00005B/2220

9 782329 474564